04. SEP. 07.

24/04/08

19.

GW00706014

20 032 0362

WEST SUSSEX LIBRARIES	
20 032 0362	
PETERS	
26-Apr-07	J448
HN 8/14	

Texte traduit de l'anglais par Élisabeth Duval
Première édition dans la collection *lutin poche* : octobre 2004
© 2003, Kaléidoscope, Paris, pour l'édition en langue française
© 2003, David McKee
Titre de l'ouvrage original : « Elmer and the Hippos »
Éditeur original : Andersen Press
Loi numéro 49 956 du 16 juillet 1949 sur les publications
destinées à la jeunesse : mars 2003
Dépôt légal : octobre 2004
Imprimé en France par Mame à Tours

David McKee

Elmer et
les hippopotames

kaléidoscope
lutin poche de l'école des loisirs
11, rue de Sèvres, Paris 6ᵉ

Elmer, l'éléphant bariolé, bavarde tranquillement
avec ses amis Lion et Tigre quand arrivent trois éléphants
en colère. « Elmer », dit le premier éléphant, « les hippos
se sont installés chez nous. »
« Demande-leur de partir », dit le deuxième éléphant.
« Il n'y a pas de place pour eux ici. »
« Et s'ils refusent de partir ? » demande Elmer.
« Dis-leur qu'on les y obligera », répond
le troisième éléphant.
« Hum, je vais aller leur parler », dit Elmer.

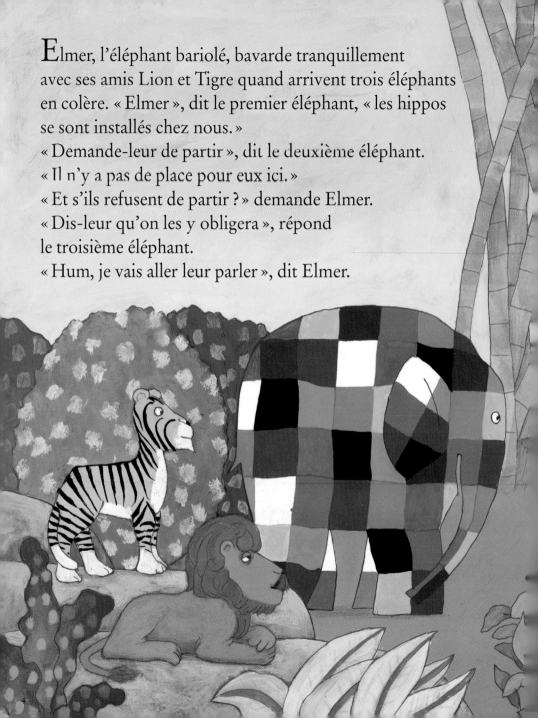

« Bonjour, les hippos ! »
« Bonjour, Elmer ! » répondent les hippos.
« Elmer », poursuit l'un d'eux, « nous sentons bien que
nous sommes indésirables, mais notre fleuve est à sec
et nous ne pouvons pas vivre sans eau. »
Elmer les rassure : « Vous êtes ici chez vous.
J'expliquerai votre problème aux éléphants. »

Elmer retourne auprès des éléphants.
« Imaginez que notre fleuve soit à sec », dit-il.
Les éléphants veulent bien tolérer les hippos
quelque temps, mais ils ne sont pas contents.
« Je vais voir pourquoi ils n'ont plus d'eau », dit Elmer.

Le fleuve des hippos est complètement à sec.
« Bizarre ! » murmure Elmer.
Il décide de remonter le lit du fleuve.

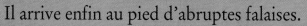

Il arrive enfin au pied d'abruptes falaises.
C'est un amas de rochers écroulés qui retient l'eau.
« Les pierres en tombant ont fait barrage », dit un oiseau.
« Il suffit d'enlever ces pierres pour que l'eau coule
de nouveau », dit Elmer. « Mais quel énorme travail ! »

Sur le chemin du retour, Elmer
s'arrête chez son cousin Walter.
«Viens, Walter, nous ne serons pas
trop de deux pour les convaincre.»

« Parfait », disent les éléphants en apprenant la nouvelle.
« Les hippos vont déblayer les rochers, leur fleuve coulera
de nouveau et ils resteront gentiment chez eux. »
« Mais ce travail leur prendra des siècles », dit Walter.
« Ils n'ont pas de trompe. Pendant ce temps, nous devrons
partager notre fleuve avec eux. »
Un éléphant dit : « Si nous les aidons, le travail
sera vite terminé. »
« Effectivement », dit Elmer. « Allez, dormez bien.
Nous commencerons demain à l'aube. »

Le lendemain matin, Elmer crie aux hippos :
« En route, nous allons vous rendre votre fleuve.
Êtes-vous en pleine forme ? »

Tout le monde se dirige vers le fleuve asséché,
et c'est à qui sera le plus costaud, des éléphants ou des hippos.

Quand ils arrivent devant l'immense éboulis,
ils cessent de faire les fanfarons et se mettent au travail,
il y a tant de rochers à déblayer. Plus ils enlèvent
de pierres et plus ils se couvrent de poussière.
« J'adorerais piquer une tête dans le fleuve »,
dit un éléphant.
« Continue de travailler et bientôt tu pourras
y plonger », dit Elmer en souriant.

Quelques minutes plus tard,
un hippo hurle :
« L'eau arrive ! » tandis qu'un ruisselet
s'écoule des rochers.
« Attention ! » crie Walter,
« ça va devenir torrentiel ! »

En effet.
L'eau jaillit tout à coup avec violence,
emportant les derniers rochers.

Les éléphants et les hippos s'en donnent à cœur joie
dans le fleuve. Ils oublient leur fatigue, se lavent
de toute la poussière des pierres et s'amusent comme des fous.

L'heure de se quitter est arrivée.

Les hippos remercient les éléphants :

« Vous serez toujours les bienvenus chez nous. »

« Vous aussi », répondent les éléphants. « Quand vous voulez ! »

Au moment de s'endormir, Elmer dit :
« Nous sommes finalement devenus amis avec les hippos. »
« Bien sûr », dit un éléphant, « et tant mieux !
Imaginez que notre fleuve soit un jour à sec ! »
Elmer et Walter sourient dans la nuit.